문학과지성 시인선 576

내가 이유인 것 같아서

이우성 시집

문학과지성사

문학과시성사에서 펴낸 이우성의 시집

나는 미남이 사는 나라에서 왔어(2012)

문학과지성 시인선 576

내가 이유인 것 같아서

펴낸날 2022년 11월 21일

지은이 이우성
펴낸이 이광호
주간 이근혜
편집 방원경 김필균 이주이 허단 윤소진 유하은
마케팅 이가은 허황 이지현 맹정현
제작 강병석
펴낸곳 ㈜문학과지성사
등록번호 제1993-000098호
주소 04034 서울 마포구 잔다리로7길 18(서교동 377-20)
전화 02)338-7224
팩스 02)323-4180(편집) 02)338-7221(영업)
대표메일 moonji@moonji.com
저작권 문의 copyright@moonji.com
홈페이지 www.moonji.com

ⓒ 이우성, 2022. Printed in Seoul, Korea

ISBN 978-89-320-4064-6 03810

문학과지성 시인선 576

내가 이유인 것 같아서

이우성

시인의 말

사랑하는 이들에게 달려간 기록

2022년 11월
이우성

내가 이유인 것 같아서

차례

시인의 말

1부
움직이는 그림 그리기

가능하면 구름은 지워지려 하고

비가 멈추었다
내가 그 모습을 그렸기 때문에

슬픔의 거리를 지나는 바람을 납득시키기 위해

돌아오는 시작엔 흐름에서 만나
느리고 약한 방
미래에 가 있는 바위들

사실은 바람들,이라고 적으려고 했는데
굴러가버렸어

종이 위에 누워 냇가와 별을 떠올린다 나는 선이거나
선을 그은 사람
의미 없음에 대해 말하려는 것은 아니지만
미음의 형태 가운데로 박수 치며 증명하는,이라고 적
을 테지만

새는
단어는
단호함

거리의 고요가 불안이라는 것을 알아서

나를 따라 웃는 소년 무리
사라져버린 지 오래되었는데
펑 터져버린 것은 아닌지

그리고 뭐든 자주 읽으면 아름다운 순간이 기억에 남
는다
강물은 알려준다
흘러가는 것을 보면 망연해지는 거
기적을 기록하는 거

내가 슬픔이었을 때 너는 재미있는 아이였던

영원

숲으로 가는 길은 좁고 선명했는데 친구는 그 길을 비밀이라고 불렀다 친구의 머리 위로 형상이 어렴풋이 피어났다
소외감이라고
발음해보았다 친구가 지워졌다

피부에 빛을 숨기고 있었어
내가 있다는 걸 잊었는지 놀라는 눈치였다
등에 메고 있는 가방을 살짝 들어주자 미소 지었다 옥수수 냄새와 이름 모를 껍질 냄새가 섞여 떠 있다 사라졌다
나는 손을 잡았다

여긴 뭐가 있어
가방을 가리키며 물었다
너랑 내가 갖고 싶어 하는 단어
아 우리가 이 길을 오래전부터 걷고 있었구나

너는 왜 가방도 없이 돌아가

너무 많은 것을 담은 가방은 들 수 없으니까
대답하지 않았다
새로 생긴 습관이야,라고 말했다

네가 생각하는 숲을 어디에 두었어 친구도 나도 묻지
않는다 오래전에도

본 듯한 눈이 내린다

친구는 사라지고 가방이 열린 채 눈 위에 놓여 있다 나
는 가방을 둘러메고 다시 걷는다 바닥에 비밀을 흘리며

미안해

미래의 나무

너는 점이었어 그 점이 어디에서 왔는지 아무도 몰라
네가 밟고 있는 수평과
모여서 바다가 되는 것
누군가 그걸 미래라고 불렀어

알고 있니
잎들이 구름 모양으로 흐를 때
가라앉는 사람이라고 해야 할지
슬픔이니 물었지만 대답할 수 없으니까

방으로 모여드는 소리를 너는 모두 새라고 했는데
사라진 것들이 도착하는 곳을 날개가 알 거라고 했는데

우리가 들은 이야기 속에서 점들이 자랐어

웃고 있어 너는 벽을 향해 걸어가고 몇 날을 걷고 몇
년을 걷고 알게 될 거야
첨탑과 첨탑 위의 바다
나무

잠시
멈춰서 바라보는 영원

빛은 네가 오후에 우리에게 스며드는 것

너의 길은 자라고 있어
같이 무엇이든 만들자

점은 되기 위해 있는 거고 우리는 문을 그릴 거야
문을 열 거야

미래의 잎에 적어두렴 네가 사라지게 둘 너의 기억을

새들을 세다가

과자를 집었더니 햇살이었네

자라는 이름

놀이터에 나무가 많았는데 그중 하나가 눈에 띄어 이
름을 붙여주었다
우성이
왜라고 물으며 땅에 묻은 것이 무엇인지 말하지 않은
게 나여서

한번은 그래야 할 이유가 있어서 우성이를 안아보았다
우성이는 아무런 감정을 드러내지 않았다

이 시를 쓰는 건 새벽꿈에 우성이가 나왔기 때문이다
날고 있었다
우성이가 무엇인가 원한다고 생각해본 적이 없는데 날
아서 어디로 가고 싶었을지도 모른다는 생각이 들었다
어딜까
날 수 있다면 어디로 가고 싶었어
그런데 나는 법을 어떻게 알았을까
오래 서서 바라보는 방법을 알고 있는 것처럼 문득 알
게 되었을까
슬픔을 묻고 돌아오던 오후에 내가 우성이를 알아본
것처럼

움직이는 그림 그리기

바닥이 일어서는 것을 보았어
얇고
길어지더니
구부러졌어

괜찮을까

산을 너무 쉽게 그렸네
엄마라면 말했을 텐데

슬픔을 모르는 건 두렵기 때문이야
잎들이 떨어지는 걸 멍하니 보며
숨기는 편이야

바람과 바닥
선을 따라 선을 지우며 나아가는

손가락으로 산을 집어 날려 보낸다
바람이 없는 곳으로

나무들이 사라지는 모습을 떠올렸다

그래서 선은 어떻게 되었어?

그런데 우성아
어쩌다 이렇게 먼 데까지 와서 궁금해하니

나뭇잎 새

햇빛이 발음들을 쏟아내고 있었어
멀리 거리로 새들이 떨어지고
나는 익숙한 일이라고 생각했지

우성아 이제 조심히 걸어

나는 새들의 옆에서 새들의 소리를 듣고
새들이 소리로 변해 사라지는 것을 들었지
나는 나의 이후를 생각하였네
나의 소리를 생각하고
내가 사랑했던 사라진 친구들의 소리를 생각했네

소리야 소리야 구체적인 마음아
너는 다시 둥지로 잠자러 가니
머리 위에 집을 얹고 나는 또 어디로 사라지니

미안 엄마

　엄마는 안경을 벗어 내 얼굴에 씌어주었다 비가 내리고 있었다 엄마의 날씨는 어떤 것일까

　역광이죠 모르는 사람이 고개를 끄덕이자 엄마는 내 손을 잡고 멈추었다 까맣게 먼 숲의 입구였다

　모자를 벗고 아이들이 걸음을 늦춘다 엄숙함을 처음 경험했을 때 나는 누가 보고 있었을까 아이들은 비를 맞고 녹아 사라졌다

　어디 가려고

　내 슈트가 어두워지는 것을 보고 엄마가 물었다 엄마는 여러 개의 방을 들여다보고 있다 어둠이 꽉 찬 방에서 한 명의 승객을 태운 버스가 숲으로 들어간다

　운명인 것 같아 내가 버릇처럼 말하면 다음 날은 비가 온다 여자 친구가 죽었다는 얘기를 들었을 때 엄마는 내가 본 것이 가짜라고 말했다 엄마는 내 앞에 있었고 나는 카스텔라를 침으로 녹이며 겨우 여섯 살이었다

　엄마의 하늘은 생각하는 것 같다 그러나 엄마가 있는 아이도 비를 맞는다

시간의 아이들

　죽은 아이들은 조금 일찍 걷는 것이다

　엄마는 정신을 차리고 기억해낸다

　아이들이 하늘에 날개를 편 공작처럼 몰려든다 두껍고 까맣게 대지를 덮는다

　아이들은 짧은 다리로 겨우 걷는다 엄마는 아이들을 밟고 나아갈 수밖에

　밟힌 아이들은 꺾이고 부러진다 엄마는 그래야만 한다

　몇몇 아이들이 엄마의 발을 가까스로 올려다본다 아이들은 엄마를 믿을까 엄마가 어디에 있다고 믿을까

　엄마는 계속 걷는다 긴 세월을 지나간다 아이들로 덮인 길은 여전히 아득하고

　엄마는 생각한다 어떻게 이 길을 끝낼 수 있을까 하늘을 올려다본다 빛은 무거운 친구구나 그리고 이상하게 엄마는 오랜만에 밤을 기억해낸다 아이들의 머리 위에 눕는다

　느리게 흘러간다

　너희도 조금은 쉬렴 엄마는 말한다

　그러나 알 것 같다 엄마의 땅은 가만히 있는다 그리고 그것은 중요하지 않다

그리고 오랜만에 아침이 온다 엄마는 언젠가 만날 아이를 떠올린다 다시 일어나 아이들을 밟으며 간다 엄마는 그래야만 하는 것이다

종이보다 하얀 단어로 말하기

배를 그렸다
바다를 담으려고

배는 움직이는 거 같다
그걸 원한 건 아닌데

하늘에서 떨어졌어 진짜야
배들이
컵에 물이 담기듯

아다지시모였나?
매우 느리게 검정색과 하얀색이 소리가 되는 것

가라앉은 후의 풍경은 그리기 전의 풍경과 비슷하였다

선을 그으며
물 위에 누웠다
사실 나는, 이라고 적고 지웠어

움직이는 거 같다 나는
빛을 다행이라는 의미로 받아들여도 될까
고민한 후

잊고 싶지 않아서
이유를 그린 거예요

모든 순간을 본 건 아니니까

떠오르는 것

눈을 감고 물을 그려봐
처음은 어떻게 다르니

나는 물속으로
물을 따라 흐르지 못하고
가라앉으면서

춤을 추자
빛처럼
여기 있다고

추상적이지
나라는 건

선,이라고 적는
선을 그리는 거

입을 맞추려고 구름을 마신다
그저 아침의 이미지랑

우리는 날개가 부러져서 추락한다

거짓말에게 옷장에 대해 들은 건 충격이었다

내가 알던 거짓말은 옷장에 없었는데 거짓말이 옷장 안에 있고 옷장이 거짓말 안에 있다는 사실은 나와 친구들을 우울하게 했다

옷장 안으로 친구들이 들어갔다

나는 문을 닫았다 욕망 때문에

그리고 무덤을 그렸다

내가 누워 있는

무덤에 옷장이 피었다

내가 사는 세계에서

내가 거짓말을 믿지 않았을 때 무덤에서 나를 향해 오는 것이 신기 싫은 신발이나 고이는 물이 아니라 옷장일 수 있다는 것을 몰랐다

옷장은 아무런 소리도 내지 않는다

더 이상 충격적이지 않다

옷장을 연다 계단이 계단을 따라 올라간다 새가 앉고

새는 작아지고

나는 가끔 물구나무를 서서 본다
우리는 굳센 믿음을 가졌었다 그러나 세계는 변한다

친구들은 잊혔다 계단도 잊혔다
언제 친구들이 옷장 밖으로 나갔는지
거짓말이 누구였는지
왜 옷장을 두드리지 않았는지 이제 알 필요가 없다

열매와 노래

슬픔을 만드는 공장에서 비밀을 만들 거야
얼굴을 지우며 친구가 말했다
하얀 벽에 입이라고 적기
입을 지우며 오디오 볼륨을 줄인다
친구는 없는 애 같아

소리를 모으는 사람은 선을 믿는대 선을 긋고 그 위를
따라 걷다
사라진대
그래서 나는 여기 없대

안 보여서 미안

졸며 친구는 머리를 떨어뜨린다
점 같은 열매를
우주의 아름다운 노래를
바람 빠진 풍선이 무거운 건 기억하기 때문이야

익숙해지지 않으려면 손을 뻗어야 하나

시작한 곳과 끝난 곳이 만나게

그런데 파도,라고 발음해봤니

나는 입을 닫았다 사라지기 싫어서
그러자 부서져버렸다

맙소사

구름 일기

괜찮아 엄마가 아직 안 왔으니까
바닥에 미소라고 적으며 하늘을 보았다
웃으려고 하면 웃는 건 쉽다

구름에 대해 이야기하는 건 그만두자
엄마라면 말했겠지
믿지 않으니까

문 앞에 쪼그리고 앉아
사랑하는 단어를 떠올린다
어린이도 아닌데
내 머리 위에만 비가 내린다

무엇이 자라야 하나

바닥에 창문이라고 적는다 적고 또 적고
돌아다니며 창문을 연다
구름을 그리다가 슥슥 발로 지워버린다

누가 나에게 사라지는 것에 대해 말했었는데

후
입김을 불어보았다

잘 가라고 해야 하나 말아야 하나

계속

어제의 엄마는 자꾸 나를 떠나
늙음은 변심 같은 것

가장 슬픈 순간이 언제였어

무덤과 구름

바람이 머리카락을 한 개 두 개 건드리고 가고 나는 제
자리로 돌려놓고
물결치는 소리가 들렸는데 그건 마치 고백 같았고
햇빛이 손등 위에서 망설였다 그 모습은 노을 같았는데

왜 울까

누구나 괜찮아 보이고 싶어하잖아요
비가 내리면 비를 맞고 슬픔이 떨어지면 슬픔을 맞고
그걸 다 주머니에 넣고 멀리 가 묻기도 하면서
무덤이라고 불러야 할지
무엇의

슬픔이
자라지 않게 해주세요

손가락으로 구름을 그렸다
올라탈 수 있게 튼튼하게

가자 궁금한 것들을 모으러

2부
어둠이 계속되면 물 위도 단단해질까

내가 이유인 것 같아서

달에 가까워지려면 무엇을 떠올리며 걸어야 할까

한 걸음 물러나 두리번거렸다
당황한 것처럼 보이려고

누구에게
몰라

종일 어딘가에 부딪쳤어

밤이 공중으로 빛을 띄운다
빛은 즐겁고 뛰어다닌다
벽에 걸린 그림 속 아이 같아
어떤 그림인지는 모르겠어

새들이 달 옆으로 선을 그으며 지나간다

왜 다들 어딘가로 갈까
이름을 잘 외우는 어른이 되어야지

돌아오지 않으면 불러야 하니까

집에 가자 밤엔 다들 그렇게 해
어떻게
아무렇지 않게
응

기억할 게 남아 있는 거 같아서 하늘을 보는 거겠지

그녀의 얼굴은 그녀가 그린 밤 같았다

빛으로 만든 원이야 방향감각을 가진 공이야 그녀의
움직이는 얼굴을 그린 거야

그녀가 집으로 가버렸을 때
밤은 그녀의 얼굴을 들여다보았다

구름으로 가득 차 있었다

한 가지 색의 손으로 그녀는 물 잔을 집어 들고 흔들었
다 물 잔은 움직이는 소리를 일부러 내며
떨어졌다

태풍이 너는 멸망이라는 말을 했니
깨진 얼굴을 보며 말했다

풍선

얼굴을 지우는 게 좋다

재미와 알리바이

사진에 당신의 얼굴이 없었어요
하지만 사람들은 얼굴 안에 자신의 집을 숨겨두고 있
어요
공중으로 가득 찬 집을요

날개와 여행
내 정직한 아코디언으로부터

그런데 이 카메라는 하얀색을 믿나요

그녀는 화장을 했다 소중한 물건엔 하늘을 그려놓는
법이다

바다와 바닥

수전은 새우를 사랑했어요

재킷에 부토니를 달며 토머스가 말했다 토머스는 수전의 아들이다

누나들은 그림을 그렸어요 페도라를 쓴 남자들이 페도라 속으로 사라지는 그림이요

토머스는 사진 한 장을 보여주었다 수전이 에이프런을 두르고 그릴에 새우를 굽고 있었다 푸른 하늘이 속옷 같았다 그의 누나들은 하얀 드레스를 입었다

수전은 누나들에게 페도라를 뒤집어 두 손으로 받쳐 들게 했어요 그리고 그 안에 새우를 내려놓았어요

바닷물이 넘쳤고

누나들은 울었어요 그날만 기다렸으니까

거울에 비친 창밖의 풍경이 어두워졌다

누나들은 엄마 몰래 새우를 바닥에 버렸어요

수전이 말했어요 여왕이 올 거야 새 여왕 말이야 오늘이 그분의 대관식 날이거든

수전은 더 열심히 새우를 구웠어요 누나들은 새우를 버리고 더 열심히 그림을 그렸어요 여왕이 수전이 건넨 새우를 먹고 새우가 되는 그림이었어요

나팔 소리와 예포 소리가 들렸다

여왕의 백조들이 낮게 날아왔어요 여왕이 그 뒤에 나타났고 말에서 내려 백조처럼 걸었어요

토머스는 포마드를 발라 넘긴 머리카락을 손바닥으로 한 번 두 번 누른 후 자세를 고쳐 앉았다 교대 준비를 하는 근위병처럼

이게 그날 찍은 사진이에요

연둣빛 정원에 새우들이 떨어져 있었다 백조들이 검정 부리로 새우를 집어 먹었다 새끼를 밴 구름 같은 백조들이었다 백조가 계속 늘어나 사진 속에 꽉 찼다

밀려드는 파도

토머스는 바닥에 떨어진 페도라를 주워 쓰고 날아갔다

나무와 나

나무를 등지고 서세요 말한 후 사진가는 나가버렸다
나는 기다렸다 조금 잔 것 같기도 하고

조각 난 바다들이 물고기를 싣고 떠다녔다
사진가를 불렀다
해일이야 파도가 밀려와 무심한 말투로
죽기로 했다

어차피 아무도 안 믿으니까

더 이상 식사를 준비할 필요가 없어
요리사에게 편지를 써야지

해가 머리 위에 따뜻한 손바닥을 내려놓았다
기다리라고
좋은 사진을 찍기 위해선 그래야 하는 거라고
나는 불평하지 않는다 아이가 아니니까 하지만 시간이
많은 것도 아니지
그리고 자꾸 마음이 변해

마지막 사진을 찍고 싶어
오래전에 그에게 말했었는데
감각을 묻을 대지가 필요해요
그가 대답했었는데
내 모습이 나무에 가까웠을 때

자란다는 것

아이들이 들어왔다
바다 조각들을 보았다
손을 집어넣고 머리를 담그고
뛰어들었다
풍덩풍덩
셔터가 터지듯

뒤돌아서면 누구라도 말 걸고 싶어지니까

아이들은 내가 미처 말하지 못한 마지막 사진에 대한
이야기들 같았다

그때

그때 벽은 상자 같았어
나는 상자 주위를 서성이다 의자에 앉았지
캔버스에 그림을 그렸어
상자를 열고 그림을 집어넣었어 그곳에서 그림이 완성
되기를 바라며
우리가 늙는 것처럼 말이야

사람들이 와서 물었어
무엇을 그렸어요
누가 그걸 알겠어 나도 그림이 어떻게 변했는지 모르
는데

재킷 주머니에서 노트를 꺼내 이렇게 적었어
상자 안에 그림

그리고 나는 죽었어 아마도
모두가 죽듯이 그렇게

나를 묻을 때 노트도 같이 묻었을까

46

노트는 자라서 나무 모양으로 변했을까 할 말 많은 노
인처럼

　　사람들은 벽 속에 그림이 있다는 걸 잊었어 당연히 상
자도 잊었지

　　나는 다시 태어나서 벽의 소리를 들어
　　똑똑
　　왜 두드릴까
　　상자 안에서 누군가 나올 거라고
　　그 안에 계단이 있고
　　모든 지나간 것들이 거기 살고 있다고 생각하는 걸까

　　그러니까 그때는 영원히 여기에 없다고
　　생각하며 죽은 걸까

마음의 마을

나는 오래전부터 그를 알고 있었다

그는 두 손을 붙여 공간을 만들고 그 안으로 빛이 들어
오는 것을 보며 기뻐했다 나는 그게 아둔한 감각이라고
생각했지만 이상하게도 그를 우러러보았다

그리고 그는 자주 고개를 들었다 흐릿하게 푸른 형체
가 보일 때 아직 무엇인가 남아 있다고 믿었다 이를테면
희망 같은 거

그는 밤이 되면 나에게 자신의 얇고 작은 업적들을 이
야기해주었다 그러나 기념하고 싶지는 않다고 말했다

어쩌면 자신이 존재하지 않을 거라고

나는 그를 믿지 않았다 하지만 그가 하늘을 빚는 소리
를 상상해볼 수는 있었다

나는 그의 팔을 잡고 손바닥에 동그라미를 그려주곤
했다 그는 주먹을 쥐지 않았다

어두워질까 봐

밤이 오지 않으면 뜨거운 오후가 계속된다

나는 그가 떠날 것을 알았다

왜 그래야 하는지 모르지만 물은 소리를 내며 흘렀고
그것은 나와 무관한 일이었다

소멸을 이해하는 항해

행복한 순간을 떠올리는 문장으로 여행은 끝이 난다

마음대로 할 수 있어서 어리석어지는 거야

누구에게나 그런 시기가 있을 것이다 순간이라고 적고
싶지만
너무 아름다운 표현이다

내 친구 보영이는 부러진 사이드미러를 노란색 테이프
로 붙이고 다녔어 한 달이나
보영아 그러고 다니면 위험해 근데 그러고 다니는 네
가 더 위험한 존재야

어른은 알고 있다
모자를 쓰지 않고 배에 올라타면 안 되는 것이다

내가 가진 노는 가늘어서 물 밖에선 쓸모가 없어

고드름이 녹기를 기도하자

유모차 위로 떨어졌는데

벌써

소멸을 생각할까

　오지로 떠나는 다큐멘터리를 보며 아빠는 얇은 창으로
희망을 찌를 수 없다고 말했지만
　아빠가 정말 희망이라고 말했는지 나는 확신할 수가
없다 아빠는 현실의 아빠니까
　얇은 창은 아빠라고 적어야겠지만

　바다에서 더 아득한 바다로 나아가는 것이 의미 있는
일인지 알 수 없다
　거울 속에 아무도 없는 걸 본 적이 없다고 나는 나에게
알려주었고
　아직은 몇 가지가 비밀인 채로 남아 있으니
　멈출 수 없는 거라고 말해주고 싶었지만

빛이 흩어지고 있다 잡으려고 손을 대니 투명해진다
눈이 부신 건 슬픈 것이 아니다

넓고 두꺼운 담요 속에서 깨어나면 좋겠어

행복한 순간을 떠올리는 문장으로 이 시는 끝이 난다
고 한다

거의 아이 같은 사람이 강한 해를 손바닥으로 가리며
믿고 있다고 한다

진심과 친구

　좋은 계절이 오면 트럭에 밀가루와 빛을 싣고 바다 위를 다니며 피자를 만들어 팔자

　친구가 말했지

　어깨에 불붙은 묘목을 심고 걸어와 이봐 머리카락을 노랗게 물들인 어른은 용기가 있는 거야 내 헤어스타일을 칭찬하면서

　친구는 오래된 바지 안으로 들어갔어 누구나 그런 바지를 갖고 있고 누구나 그 안으로 들어가니까

　얇은 다리로 바지 안을 휘휘 저으며 해를 어디에 숨기면 좋을지 나에게 물으려고 했던 거 같은데

　친구는 사라졌어 음 나는 지금이 되어서야 친구가 사라진 걸 알았어

　친구를 잊다니 어떻게 그럴 수 있을까 매일 해를 보면서도 친구를 떠올리지 못했다니

　친구가 이 시를 읽으면 좋겠어

　이보게 친구 시를 본다면 꼭 내게 연락을 해주게 만나서 묻고 싶은 게 있네

　자네에겐 좋은 계절이 왔는가

　연락은 오지 않을 것이다 친구는 과거에 있으니까

상관없다 나는 괜찮은 척할 줄 안다

그리고 나도 아직 여기 다 오지 않았거든

바다 깊이 잠긴 불들이 꺼져버리면 어떡하나 걱정하는
마음으로 멀리 있거든

친구가 피자를 휙휙 날리면 나는 물속에 사는 날렵한
것들과 함께 점프해 낚아챌 수 있을까

앗 뜨거워 소리 지르며 그 위에 올라탈 수 있을까

당연하지 아직 진심이니까

슬픔은 까맣고 까마득하고

그는 선을 곧게 내렸다 그리고 옆에 서보았다
벽을 생각했을까
나는 그가 서 있던 곳에 서 있다 아무런 마음도 느껴지
지 않는다

새들의 사막은 종이입니다
새들은 새들의 기록을 읽습니다
그것이 새들이 나는 이유는 아닙니다

한 사람이 지워지면 한 사람이 분명해지게 하자
이어달리기처럼

싫어
뭐가
서둘러 사라지는 게

기적과 기록

종이로 비행기를 접어 날린다 선을 그어보려고

날아라 우성아

내 이름은 어떻게 지우지

부끄러워서 그래

월요일 밤
소파에 발을 올리고 천장을 본다 뚝뚝 벌레들이 떨어진다 얼굴과 배에 기어 다닌다
말도 안 되는 소리지

소파 위에서 자던 강아지가 신발장 쪽으로 가 눕더니 나를 쳐다보고
피휴
어 강아지가 한숨 쉬네

아무 생각이나 하려고 노력했어

하필
열등감이라는 단어를 발음하다 잠들었다 목이 아파서 깼다 아까보다 더 어두웠다 밤이 더 밤이 될 수 있는 건가 그런 밤도 이런 밤도 모두 밤이면 불공평한 거 아냐
뭐가
불평하는 게 제일 쉬워서 그래

뾰롱 뾰롱 뾰롱아아 외로워서 이름을 불러보았다 놀라서 나를 보더니 머리를 바닥에 대고 다시 잔다

움직일 수 없을 만큼 목이 아팠다 나쁜 친구가 내 목덜미에 팔을 걸치고 웃을 때처럼
죽빵을 한 대 날려버려 그런데 우성아
네가 늘 나쁜 친구였잖아

머릿속에 떠오르는 이우성을 지웠다 이우성을 지우자 다른 이우성이 떠오른다 지겨운 놈

사다리와 파란색 페인트를 가지고 온다 밟고 올라가 천장을 칠한다 구름이 머물 자리만 남겨두고
내려와 다시 눕는다 오겠지 언젠가
목을 좌우로 움직여보았다
파락 파락 날갯짓 소리

이거 내 목 아닌가
뭔 소리야 멍청아 너는 내가 아니냐

어

날아서 도망치고 싶은 마음

기억

문이 열려 있었어
아이들이 들어갔지
아이들은 낯선 문으로 들어가고 싶어 하니까

밤이 오고 하루가 지났어
어른들이 울면서 아이들을 불렀어
아이처럼
문 앞으로 왔지
문을 닫고 돌아갔어
아이가 아니니까

문 주위로 풀이 자랐어
문을 덮고
잊히려고
조용히 있는데
소리는 머물려고 기억이 되었대

기억

여섯 살 때 만화를 보려고 TV를 틀었다가 뉴스를 봤는데
누군가 죽었다고 했다
옆에 있는 형한테 물었다 죽으면 없어지는 거지
어 다 그런 거야 다들 죽어
정말 나도 형도 엄마랑 아빠도
어
진짜로
걱정하지 마 엄청 나중 일이야

만화가 시작되면 아이들은 죽음을 잊는다

이제 나중 일이 아니다
다행이라는 생각도 드는데 그 감정을 이 시에서 설명할 순 없다

선택할 수 있다면 무엇을 선택할까
무엇에 대해 선택하는데
이제 형이랑 같이 안 살아서 물어볼 수 없다

그러니 기억이라고 쓰고 죽음이라고 읽을 수는 없지만
사랑하는 엄마와 아빠 그리고 얄미운 형을 잃어버린
것 같은 기분이 든다

다들 어디 간 거야

우리는 벽을 두드리고 들어갔다

계단에 산이 놓여 있는 것을 보고 걸음을 멈추었다
그런 그림을 본 적이 있는 것 같지만 지금은 현실이
니까

모든 것은
아니 모든 것은 아니다

그는 벽을 두드리면 문이 나타난다고 말하곤 했다
그는 완전히 믿거나 완전히 믿지 않는다
그래야 다음 장면을 예측할 수 있으니까

이렇게 쉽게 산을 넘는 것이 옳을까
그가 물었다 내가 다른 사람이라고 생각했는지

고개를 숙이고 보니 산은 주머니처럼 무엇인가 담고
있었다
모르는 숫자들
그렇게 믿기로 했기 때문에
상황을 복잡하게 만드는 건 우리가 원하는 방식이 아
니지만

계단 아래로 숫자를 던진다
숫자는 흩어지고
자라고
나무의 모양으로

다른 것과 닮은 것
의지와 문

텅 빈 산을 넘는다

그는 산을 집어 머리에 쓰고
나는 마침내,라고 쓰고
아무 일도 일어나지 않는다

이우성 씨 이우성 씨 미남의 나라에서 온 이우성 씨

문이 있을 위치를 떠올려보세요

사람들이 산으로 들어가고 있다
작아져서 이제 보이지 않는다

꽃 피는 소리

꽃은 해마다 다시 피지 사람은 아니야
흰 꽃 모자를 쓴 할머니가 또박또박 발음합니다
공원 담장을 태우려는지 철쭉과 개나리가 이글거리고

거기 모시고 가면 살아서는 못 나오실 거예요
바람이 한 말인가
제가 벌써 서른아홉이에요
요양원에 계신 할머니를 떠올리며 작게 말했습니다

늙는 소리 들어봤니

불안은 오후에 진부해지는 것

팔과 얼굴과 배를 쓰다듬는다
부드러워서 이게 혹시 시간의 촉감이 아닐까 생각하다
목에 손을 가져다 대는데 떨림이 느껴지지 않는다
　죽었니
　벌써
　엊그제 모종이었잖아

할머니가 꽃을 안고 나오셨습니다

꽃 피는 소리 들어봤니

동네를 한 바퀴 돌며 아 예쁘다 하셨습니다

작은 새 꽃

빛이 든 병을 들고 태어났어

오랫동안 땅을 그렸어
병을 열어 빛을 떨어뜨리고
꽃이 자라기를 기다렸지

어디쯤 오고 있을까

새들이 붉은 날개를 펴고 앉아 땅을 덮는 것을 보았어
저녁이 구름을 지우며 바다를 밝히는 것도

바다 위에 의자를 그렸어
보이지 않는 먼 곳의 작은 뗏목도 그렸고
꽃이 가득 실려 있어

그리고 노래를 그렸어
영원히 빛나는 노래를

계절

애인이 전화를 걸어 말했다

헤어져 꿈에서 네가 바람을 피웠어 너무 괴로웠는지
자면서도 눈물이 쏟아졌어

그래서 우리는 이별했다

다음 날 애인에게 전화를 걸어 말했다

다시 만나 꿈에서 네가 붙잡아달라고 말했어

애인은 웃었다 이유 없이 비가 내리는 아침

뗏목에 꽃들이 가득 실려 있었다고 그녀는 말했다

사랑의 자세

집에 왔고 집이 너무 깨끗하여 사랑하는 사람에게 전화를 걸었다 고맙다고 그러자 사랑하는 사람이 대답했다 내가 치운 거 아닌데 나는 고개를 끄덕이며 말했다 당연하지 너무 잘 알아 너가 안 어지른 게 기적 같아서 하는 말이야

어떤 일이 누군가에게 굉장하다는 걸 잊지 말자

그래야 전설이 되니까

3부
그래야 전설이 되니까

날개와 시

날아가는 모습이 아름답잖아

듣기 좋은 말이었다
날 수 없으니까

슬프다는 생각이 들었는데 올바른 걸까 슬프다고 말하면 시가 안 된다고 하던데

구름이 해를 가린 채 오래 머물면 농부가 엽총을 들고 와 하늘에 쏘아댑니다
부르고뉴에 갔을 때 클레어라는 이름의 농장 안내원이 말해주었다
클레어는 손가락으로 구름이 흩어지는 흉내를 냈다

양 떼 같은 건가요 나는 한국어로 물었다 표정이 없는 건 나나 하늘이나 마찬가지고
시도 그렇지

엽총 좀 빌릴 수 있을까요

묻어야 한다면 빛과 말 아니면 양 떼
이 문장은 처음 써본다
궁금하지 않다 무엇이 자랄지
이 문장도 처음 써본다
거짓이야 궁금해 무엇이 자랄 수 있니

세 줄로 올바르게 표현해보기

고모는 와인을 마시고 의자에 올라갔다
가족들은 의자를 어떻게 할지 고민했다
나는 의자에 앉아 시를 썼다

내 개인적인 사람
고모에 대해

고모는 5백 원짜리 동전을 모았다
저금통 안에 넣으며 마침내 가득 채운 후 비행기를 타
고 여행을 다녀왔다

이 시가 새와 관련되어 있는 건 아니다
날 수 있으니까
그러니 양 떼 같은 것은 혼잣말 같은 것

왜 양 떼를 구름이라고 불렀을까
아마도
아마도, 다음에
바람을 묻고
빈 마음을 무엇으로 채우는지 쓰고 싶었다
엄마는 그런 의자가 있었냐고 한다
그런 의자에 앉아 내가 시를 썼는데 시들이 어디 갔는
지 기억이 안 난다

하늘이 맑아서 걱정이야
다음엔 나는,으로 시작하는 시를 써야지

어느 먼 마을에서
고모가 선명해지고 있다고 종종 생각한다

누군가의 고모가

나는
나는,

1980년 6월 2일

　꿈을 꾸었는데 내가 태어나는 중이었다 빛이 커지고 어떤 손이 나를 붙들었다 서러웠다 내가 살면서 엄마에게 할 일들이 기억났기 때문에

　어린 엄마가 들으라고 소리 내어 울었다

나무가 모여 바람을 부르듯

하얀 나무가 자란다 하얀 잎이 피어난다 하얀 새가 날아온다 하얀 비가 내린다 하얀 나무가 지워진다

우리는 그 방에서 공놀이를 할 것이다 우리는 공이 없다 우리는 공이 날아오기를 기다린다
조용하기 때문에

하얀 배가 꽃들을 싣고 빛들의 따뜻한 문으로 들어간다
계절이 바뀌면 왜 무슨 일이 일어날까
따뜻한,을 지우면 문은 어떤 상태일까

동그란 문이 네모난 문 앞에 있다
네모난 문이 열리고 동그란 문이 굴러 들어간다

무엇인가 잔뜩 담긴 가방 안을 뒤적거리다 꺼내면 대부분 동그란 것들이었는데

물방울을 그리고 지우면
손은 무엇을 기억할까

나뭇가지를 오래 보면서 있으면
바람이 공을 들고 서 있다

그림과 거리

하얀 트럭이 파란 물 위에 있다

축구공이 혼자 굴러 공원으로 들어가고
구름도 그렇게 하늘로 오고

물결을 이루는 소리와
선을 긋는 새들의 기록

말을 하지 않아도 흘러가는 글자들
바구니를 들고 바람이 돌아다니는데

풀이 길어진다 의미도 없이
의자 앞에서 망설이는 사람의 마음이 보이는 거 같을 때

세계는 어떻게 생긴 걸까

다르게 읽으려고 멍하거나 슬퍼할 수는 있다

아직 자란다

엄마가 내 집에 와서 말했다

이 머리카락은 길어서 네 것 같지 않구나

당연한 말이었다 아무리 잡아당겨도 내 머리카락은 저렇게 길어질 수 없다

이 머리카락도 길어서 네 것 같지 않은데

너무 길어 아까 그것 같지도 않구나

엄마는 다른 길이의 머리카락을 더 찾아냈다

나는 모르는 일이다

그러니 생각하는 것이다

머리카락은 자란다

불현듯 나타난다 감정을 가진 것처럼

그래서 사랑에 관해 조언하자면

거실 소파 밑을 들추지 말자

거기 아직 기억하는 무엇인가 있다

아 이런 사십 세

아저씨가 오토바이를 타고 지나간다

내 앞으로 담배 연기를 뿜으며

짜증나서 노려보는데

어깨를 들썩인다 오토바이 위에서

춤추고 지랄이야

추워 죽겠구먼

바람에게 물었다

나한테만 부는 거 아니지

무시하고 가는 바람

초콜릿 껍질이 쫓아가기에 몇 걸음 따라가보았다 바보
구나 이우성

이대로 사라지면 좋겠어

엄마 배 속이나 여자 친구랑 헤어지기 전으로

대충 살라고 말했던 친구가 생각난다

죽었는데 걔

대충이라도 살아 있지

멀뚱히 서 있다 저녁을 맞는다

맞아서

나도 모르게 나도 죽은 건 아닐까

어 알아 말도 안 되는 거 말 되는 게 있기는 하냐

쳇

이러니 내가 춤을 못 추지

그런데 아까 그 아저씨 나보다 어려 보이지 않았어?

어쩌다가

괜찮아 보이려고 움직이는 거예요

뭐 재미있는 거 없냐
말하자 아이 아빠인 후배가 한숨을 쉬었다
야 결혼하고 애 낳고 사는 게 나아
아무것도 없이 마흔이야 형은
이딴 말이나 하려고 물어본 건 아닌데
그래서 내가 계속 말했다
물론 혼자 사는 게 괜찮지
사실 안 괜찮다
운동화 신는 중이었는데 삶을 구겨 넣고 싶었다
그때 이런 생각이 들었다 결국 다 죽잖아
그래서 다시 말했다
다행이지 않냐 어차피 우리 다 죽어
후배가 고개를 끄덕였다
와 졸라 다행
밖으로 나왔다 어딜 가든 죽으러 가는 거였다
뭐가 다행이지
뿔난 꼬마처럼 앉아 바람이 지나가는 걸 봤다
정말 보였다니까
바람을 오른손으로 한 움큼 쥐고 왼손으로 옮겼다 다

시 오른손으로 옮겼다 바닥에 내팽개치고 바람이 바람과
함께 사라지는 것을 보았다 히히
　계속 그렇게 앉아 있었다
　전화기가 울렸고 일어나서 일하러 갔다

군자라서

다른 집 군자란은 꽃을 얼마나 잘 피우는데
너는 왜 바보같이 새끼를 못 낳아
구박했더니 죽어버렸어

엄마는 미안한 표정을 지었다

꼬집거나 흔들면 식물도 아플까 사람처럼 말이야
어쩌면 정말 그럴지도 모른다고 잠깐 생각했다

군자란을 검색한다
어린 묘로부터 3년에서 5년이 지나야 꽃이 핀다 일단
꽃을 피운 것은 매년 꽃이 핀다 30년 이상 산다

엄마의 군자란은 몇 살이었을까

군자란은 이름에 란이 들어 있지만 난 종류가 아니라
고 한다
군자란인데
군자에 란이 붙었는데 난이 아니라니

꼬집거나 흔든다고 모든 식물이 아픈 건 아닐지도 몰
라 그런데 어떤 식물은 억울하고 서러워서 사람처럼 울
지도 모르겠어 그렇지
　그렇네
　군자도
　군자란이라는 이름도
　어린 군자란도

안타깝게도

동그라미를 그리자

그 안에 미남 시인이 되는 중이라고 적고

동그라미 아래는 불을 그려야지

활활 타오르게

순식간에 사라져서

흔적이 남지 않아야 해

그래야 전설이 되니까

미남 시인 탄생에 대한

그리하여 아무도 알지 못한다고 한다

부릉부릉

중랑천 풀숲
날개를 부딪히며 날던 나비 한 쌍
오전 11시 동부 간선 도로로 넘어와버렸어
어쩌자고
이 시간에 여기서
파란 세단이 바람으로 둘을 밀어 올렸고
잠깐 눈이 부셨는데
어디 갔지
둘러봐도 햇살만 신났네
좋아하다 죽으면 빛이 되나
나는 빛의 날개나 잡아보려고 가속 페달을 한 번 두 번
꾸욱 밟으며 날아가는 흉내를 냈어
부릉부릉 외치며
멀쩡히 나만 안 하고 사는 거 같아
뭘
그거
부르르르으웅 부르르

이것도 희망이라고

네 형이 전화해서 가슴이 아프다고 하는 거야
자기 죽으면 애들 좀 키워줄 수 있냐고
오리를 구우며 엄마가 말했다
하아 그 새끼 나는 한숨을 쉬었다

오리를 먹으며 야구를 본다
우리 팀이 지고 있다, 안타?
아,
웃!
속이 상해 죽겠어
엄마는 말했다

왜 안 먹어 오이도 먹고 감자도 먹고 오리도 먹어
오이도 먹고 감자도 먹고 오리도 먹었어

엄마는 누룽지를 한 숟가락 떠서 입에 넣으며
먹어서 사는 게 아니야
살려고 먹는 것도 아니고
희망을 먹어야 사는 거야

무슨 말일까

아프지 않아도 죽고 배고프지 않아도 죽어

말하려다 말았다

많이 먹었다 일단 살아 있으려고

방으로 돌아와 이 글을 쓴다

안 괜찮아라고 써야 할 거 같은데 굳이 안 괜찮지도

않다

오리가 소화가 안 돼 가슴 아픈 거 빼고는

미운 오리 새끼

더 미운 새끼

죽지 말자 엄마 죽을 때까지

경기는 9회에 역전했다고 한다

내가 안 볼 때만 꼭

무너지는 것

시멘트를 사다가 벽돌을 만들어 팔았지

술을 마시고 들어오면 형과 나를 깨워 한 시간 넘게 같은 이야기를 했다

너희는 대학에 보낼 거다

매번 같은 소리 그만하고 가서 자요

엄마는 말하고

당신이 그러면 내 권위가 뭐가 돼 아빠는 크게 말하고

권위

아빠가 동경하던 단어

아빠는 아침마다 형과 나를 깨워 팔굽혀펴기를 시켰다

어제 스무 개를 했으면 오늘 스물한 개를 할 수 있다 하루에 하나씩 늘려야 한다 그러다 보면 벽돌처럼 단단해질 거다

구둣주걱으로 내 등을 치면서 엉덩이를 내려 요령 피우지 마

어느 날 아빠는 술을 마시고 와서 형과 나를 깨워 앉히고 울었다 너희를 제대로 키운 게 맞지

엄마는 그만 자라고 하고

대학생인 형은 네 맞아요 아빠 맞아요 하품하며 말하고

나는 우리 반에서 팔씨름은 내가 제일 세요라고 말했다
아빠는 웃었다 잠들었다 무너지듯

부역

　아빠는 빨간색 점퍼를 입고 거실 그림자 속에 있었다
그래 나이 들수록 화려한 걸 입어야 돼 생각하며 쳐다보
는데 등에 선명하게 땡땡땡당
　에이씨
　하지만 잘 어울려서 아빠의 보수적 견해를 인정할 수
밖에 없었다

　그날 이후 점퍼를 본 적이 없다 이상하게 계속 생각이
난다 마치 내 옷인 것처럼
　아니야 그건 아니야
　미래의 내 옷일지도 모르지
　절대 아니야
　어떻게 확신할 수 있는데
　그런데 혹시
　집회에 동원된 알바 아니었을까
　반나절 5만 원짜리 박수 치고 연호하는 노인 무리 있
다며
　에이 우리 아빠가 그렇게 늙었다고

음

일이 없는 72세 아빠의 일과를 떠올리니

입고 반납했을 빨간 점퍼가 어디에 가 있는지

궁금한 건 당연한 일이었다

나 여기 있어 아직 여기 있어

빨간색은 잘 보인다

멀리서도 잘 보인다

신기해 그런데도 보이지가 않아

새

엘리베이터에서 내리면
왼쪽 첫번째 집은『조선일보』를 보고
오른쪽 첫번째 집은『한겨레』를 본다
아침마다 밖에 나오면 내 편과 네 편이 등지고 있다
나는 오른쪽 첫번째 집에 혼자 산다
왼쪽 첫번째 집 방향으로 가본 적은 없다
함정 같은 거에 발이 빠질까 봐
그렇다고 내가 이쪽 신문을 읽는 것도 아니다
한 번만 구독해달라는 전화를 받았다
정말 한 번이야 하는 마음이었는데
몇 년째 오기로 구독한다
기울어지는 게 싫어서
그런데 왜 내가 오른쪽인가
쟤들이 왜 왼쪽이고
문제될 건 없지만 가끔 어색하게 느껴진다
뭐 엘리베이터에서 내려 돌아서면 오른쪽도 왼쪽도 뒤
집혀버리긴 해
아 그렇게 쉬운 일이구나
그래도 실수로라도 몸을 틀고 싶지 않은 것이다 저쪽

으론
　　작가가 이렇게 편협해도 되나
　　어
　　돼
　　새는 양쪽의 날개로 난다며
　　그나저나 참 오래도 산다
　　이놈의 새
　　너
　　날아본 적은 있냐

아빠

나는 아빠라고 부른다
형은 아버지라고 부르기 시작했다 걘 갑자기 왜 그랬지
조카는 할아버지라고 부른다
엄마는 형 이름을 붙여 아무개 아빠라고 부르고 그럼
난 누구 아들인데
그래서 궁금해진다
아빠를 아빠라고 부르는 게 맞을까
우리 집에서 나 말고 누구도 아빠를 아빠라고 부르지
않는다
세상 누구도 나 말고는 우리 아빠를 아빠라고 부르지
않는다
아빠
내가 잘못 부르고 있는 것일까
그래서 묻는 것이다
누구냐
너

성묘

봉분을 덮은 넝쿨과 실랑이를 벌이다가 형이 말했다

아버지
간장에 절인 새우 드셔보셨어요

잡풀을 베던 아빠가 하늘을 보았다 낯이 반짝였다

여기가 바다 같아 내가 말했다 구름을 채 썰 듯

제가 서울에서 태어나서 그런 건지 음식으론 배나 채
우면 된다고 생각해서 그런 건지 세상 맛난 음식 중에 못
먹어본 게 많더라고요

산 공기가 좋네 이것도 내가 한 말
아빠는 느리게 나아가며 풀을 베고

아버지
우리 산소는 왜 이렇게 잔디가 안 자랍니까 온통 풀이
랑 넝쿨뿐이고

저 옆에 묘는 근사한데요 형이 말했다

아빠는 늘 잔디에 대해 잘 아는 것처럼 말하지만 우리
집 잔디는 늘 실패한다

비가 와야 자랄 텐데
작게 말했다 아빠가

비는 우리 집 묘에만 안 오나
말하려다 말았다 아빠랑 형만 장남이니까

낫질 잘해라 발목 벤다
아빠가 나를 보며 말했다

태워서 물에 뿌려라 아버지도 엄마도
또 아빠가 말했다

더웠다
까만 아빠가 새우처럼 굽었다

아 낫 같네

형이랑 아빠가 아프지 않게 해달라고 누워 계신 할머
니 할아버지에게 빌었다
둘은 장남이니까
간장에 절인 새우를 나는 먹어봤으니까
근데 왜 그것도 못 먹어본 건데

잘 살고 있니 너는

쪼그리고 앉아 풀을 하나 뽑고
후 불며 외쳤다
병신
날아가는 새
아니 변신

그냥
혹시나 하고
해봤어
날고 싶으니까

가로등 꼭대기에 새가 앉아 있다

잘 날고 있니 너는

괜찮다고 말해주면 괜찮아질 거 같은데

종이 같은 하늘을 한 장 물고
비행기가 나타났다 사라진다

살아지려고

저녁이 온 거니

학생과 시인

바위가 단단한 건 말이 된다
오래 앓았으니까

무릎 속에는 엄청 먼 데로 가는 길이 있대
엄청 먼 건 얼마나 먼 건데
음 거기까지 가기 전에 무릎이 아프니까 알 수 없지

새들은 새들이어서 날아간다

요즘 자꾸 죽는 생각이 나
죽는 생각은 어떤 생각이야

월요일 아침에 산을 오르는 생각

학생은 왜 일 안 가고 여기 있어
학생이 왜 일을 가요

그러니까 너는 가야지

나를 학생처럼 보는 건 나뿐이다
시인인 걸 아는 것도

방금 온 사람은 혁명가처럼 민주주의를 외친 적이 없다

주먹을 쥐어보았다
내가 가진 단단한 게 돌멩이가 맞나 확인하려고

확
던져

무신론자는 아니지만

비 오는 일요일
혼자 산에 갔다 내려오는데
풀들 무성한 들판에서
남자가 선글라스를 끼고
복면 마스크를 쓰고
드론을 날리고 있었다

아저씨 그거 재밌어요?
저는 신과 접촉 중입니다

아, 이상한 사람이었어, 네에, 얼버무리고 뒤돌아 다시
숲의 문을 향해 몇 걸음 가는데

당신인가요?

네에?
당신이 신인가요?

뒤도 돌아보지 않고 그가 말했다

나는 계속 걸었다
그런데 드론이 따라와 머리 위를 맴돌며
우웅 우웅 기계음을 내며 외치는 것이 아닌가
대답하라고
당신이 신이라면 대답하라고
드론이

나는 저 둘을 위해 신이 돼주어야만 할 것 같았다
도대체 무엇이 저 둘을 간절하게 만들었을까

계속 비가 내렸다
남자는 서서
먼 땅을 바라보고
드론은

응응 응응
응이라고?

폭탄 꽃

소리들이 동그란 발음으로 터지고
웃는 모양으로 오후가 흘러가는데

세계,로 시작하는 문장은 쓰지 않아서 지우지 않았어

아무렇지 않으려고 물이 물에 닿으며 하는 말
글자가 온다면 어디로든 가겠지요 흩어지기 전에 합창
을 하였는데

빛이 오는 건 빛의 일

강아지랑 산책하는데 나무 한 그루가 노란 잎을 피웠다
벌써

집에 와 소파에 앉아 졸았다
꿈에서 내가 페인트를 들고 사다리를 타고 있었는데

무슨 색이었을까

바람이 부는 건 바람의 일

잠에서 깨니 강아지가 바닥에서 잔다 공중으로 네발을
뻗은 채
나란히 누우며 물었다
지우는 사람이었니 그리는 사람이었니

잎처럼
귀찮은 듯 딴 데로 가버렸지만
햇살은 어디든 펼쳐져 있고 같이 더 잤다

죽을 만큼 아프진 않아

―외롭다는 생각이 드는구먼
―문득 어찌 그러한가
―문득이겠나
―그럼 어찌 그것을 화두로 삼는 것이오
―……
―갑갑하구나
―……
―잠깐 들어 올렸다가 다시 떨어뜨려
　공이다 생각하고
　달이다 생각하고

―아아 아 아아

　소설 쓰는 황현진이랑 새벽에 카카오톡 메시지를 주고받는데
　옆집에서 섹스하는 소리가 벽을 지나온다
　혼자 사는 여잔데
　스마트폰으로 이것저것 찾아본다 내일은 따뜻할 거라고 한다

110

노란 개나리가 징그럽게 팔 흔드는 사진이 포털 메인 화면에 걸려 있다

옆집 여자 흥분하는 소리가 개나리 피는 소리랑 비슷한가

그래도 다행이야 저 여자는 혼자 있지 않으니까

지금은

아 아아옹 아아옹

고양이 소리였다 에이

아마 옆집 여자는 아무 일 없이 자고 어디선가 개나리는 피어날 거고

외롭구나

고양이 우는 소리는 외로워지는 소리 개나리 피는 소리도 외로워지는 소리

이 예쁜 봄날에

황현진의 첫 소설 책 제목은 "죽을 만큼 아프진 않아"다

죽을 만큼 아프면 안 되는 거지

바다로 간다는 말을 믿어본 적이 없는데

강물은 흘러 바다로 간다는데 강물도 그걸 알고 있을까 강물은 어디에서 어디까지 하나의 마음일까

새가 날개를 접고 앉는다 흔들리는 얼굴을 보며 새의 의지는 태연히 가라앉고 싶을까

안녕 나의 기원아

부리로 두드리며 확인하는 마음이 무엇인지 바다가 왜 얼굴을 모으는지

들어오라고 손짓하는 강물 위에서 빛들은 어쩜 우아한지

아무것도 모르고 아무렇지 않은 오후 죽음을 말하는 게 왜 일상적인지

마음을 따라 걷는다 나도 갈 거니까 바다로

바다야 바다야 첨벙첨벙 제자리에서 물장구칠 때 나를 안고 심해로 가던 가슴은 누구의 강물이었니

흘러 흘러 다시 안으로 들어오는

파도를 가라앉히며 마침내 바람이 지워질 때

새들이 날아가는 걸 보면 어렴풋이 알 거 같았어 같은 마음으로 마음에게 가는 거

멈추지 못해 왔어 혼자 하는 말들은 내가 읽은 나의 기

록이었어

　바다야 어느 구름 위에 올려두었니 웃으며

　기다렸다는 말

　믿어본 적이 없는데

영원히 인사

바람이 불고 번개가 치고 한 살밖에 안 된 뾰롱이가 짖
는다 두려워하는 뾰롱이를 안고 베란다로 나가 검은 세
계를 보여준다

저게 어둠이야

뾰롱이는 창밖을 보다 내 목을 핥는다

죽을 거야 사소하게 너도 나도

잘 있어 인사하듯

돌아와 글을 쓴다 모든 글은 마지막이 될 가능성이 있다

뾰롱이는 나를 지키고 지켜보다 잠이 든다 죽은 것처럼

허리를 세우고 가슴을 펴고 앉는다 바른 자세로 죽자

며칠이 지나 누군가 들어와 볼 때 경외감을 갖게 하자

잘생긴 시인이 불멸을 적다 생을 마감했다 강아지가
함께 잠들었다

여기까지 쓰고 웃는다 죽은 시인은 있는데 잘생긴 죽
은 시인은 없으니 나는 불멸인가

죽기 전에 누가 알겠어 죽으면 죽어서 모르고

뾰롱이를 손가락으로 밀어 깨우며 굳이 말해주었다

아침엔 꼭 눈을 떠야 해

해가 거기 있으니까

흐름과 바람을 안고

다가오는 순간들은 모두 바람의 손을 잡고 올까

걸음을 멈추고 생각해보았어
피아노 소리와 박수 소리가 어디로 갔는지

흙먼지가 느긋하게 일어나다 가라앉는다

빛처럼
죽은 사람이 여기 없는 게 확실한가요

앞서 걷던 강아지가 뒤돌아보며 갸웃거린다
어떤 손이 등을 쓰다듬고 갔나

'나'의 기록, 쓰지 못하는 기억

김나영
(문학평론가)

1.

최근 시에 관한 논의 가운데 '일인칭 화자'에 대한 주목은 여러모로 각별했다. 시와 소설에서 '나'라는 자기 호명이 적극적으로 쓰이기 시작한 현상을 살피며 특히 소설에 관해서는 오토 픽션과 같은 특수한 세부적 성격을 지닌 장르에 연관해 다양한 비평적 관점과 입장이 제출되어왔다. 궁극적으로는 작품 밖의 작가나 시인이 작품 안의 '나'와 어떻게 상관하는가, 혹은 그 질문이 작품을 해석하고 감상하는 일에 왜 필요하고 어떻게 작용하는가 등의 물음은 문학성이나 문학의 자율성에 닿은 오래된 질문을 한국 문학의 현장으로 거듭 호출하였다.

그럼에도 달라진 게 있다면 그 오래된 질문이 향하는 자리가 문학이라는 추상이나 일반이 아니라 문학에 결부된 개인(성)이라는 구체적이고 개별적인 대상이라는 점이다. 다시 말해 문학의 '나'에 관한 최근의 논의에서 발견할 수 있는 새로움은 무엇보다도 국가나 사회, 혹은 여러 단위의 공동체와 대결하는 개인(성)에 대한 치밀한 사유들에 있다. 개인이 집단과 대비되는 의미로 존재하는 익명의 항이냐 아니냐 하는 논의가 새로운 게 아니라, 개인(성)에 대한 질문이 곧 현실이라는 구체적인 삶의 기반을 인식하고 감각하는 방식에서의 새로움을 주목하게 한다는 점에서 그렇다.

물론 2000년대 이후 한국 시의 특징 가운데 사회의 일반적 규정들과 정상성을 의심하고 또 다른 개인들과도 불화하는 감각을 통해서 자기 자신을 내세운 화자들을 떠올리지 않을 수 없다. 자기 내면의 분열을 가감 없이 드러내고 그로써 타인을 향한 애정과 증오라는 상반되는 감정과 태도 역시도 솔직하게 표현했던 '나'들은 시에서 구현할 수 있는 인간형을 더욱 사실적이고 풍부하게 만들어냈다. 이들에 의해 한국 시는 개인(성)이라는 이름 아래 새로운 감각과 주체성을 발견할 수 있었던 것이다.

2009년에 데뷔해 2012년에 첫 시집 『나는 미남이 사는 나라에서 왔어』를 출간한 이우성 시의 경우에도 이러한 분위기 속에서 주로 읽혀왔다. 첫 시집의 해설이 분명하게 지적하고 있듯이 이우성 시를 아우를 만한 단어는 무엇보다도 '자아'라는 것이었다. 그럼에도 당시에 씌어진 다른 시들과 비교해 그의 시가 돌올할 수 있었던 지점은 그 자아의 '왜소'함이었다. '왜소-자아'는 자신을 타인과 비교하고 세상에 맞세우는 동시에 저항과 투쟁에 대한 의지가 강력하지 않다는 점에 그 특징이 있다고도 하겠다. 그의 첫 시집 맨 처음에 실린 시의 첫 구절은 하나의 선언과 같았다.

> 나는 감각을 내려놓고
> 기억 안 할 거야
>
> ─「처음 여자랑 잤다」 부분

감각과 기억은 '나'를 구성하는 가장 본질적인 부분이다. 또한 그것은 개인의 개별성이 '나'와 세계의 접점에서 매 순간 창발된다는 것을 증명하는 요소이기도 하다. 따라서 저 선언은 '나'를 앞세우긴 하지만 확고부동한 유일자로서의 '나'를 의심하고 부정하기 위한 제안이 된다. 이렇듯 '나'를 내려놓고 객관적으로 보기 위해서, 혹은 지긋한 '나'로부터 탈피하기 위해서 '나'로부터 시작하는 시가 이우성 시의 출발점이었다는 것을 염두에 두어야 이번 시집에 도저한 '나'를 제대로 살필 수 있을 것이다.

사소한 첨언일 수 있겠으나, 이러한 맥락에서 첫 시집의 구성은 남달라 보인다. 흔히 시집 한 권에 수록된 시들은 몇 개의 부로 나뉘고, 각 부에 실린 작품의 편수도 대개 비슷한 경우가 많다. 하지만 총 4부로 구성된 그의 첫 시집은 1부와 4부에 실린 작품이 2부와 3부에 실린 작품의 절반 정도로, 마치 소수 정예를 앞뒤에 배치한 것처럼 보인다. 한 권의 시집이 전하고자 하는 서사의 시작과 끝을 강렬하게 마련하듯이 말이다. 특히 1부의 시들은 이우성이라는 시인이 시를 쓰는 데 있어서, 혹은 자신과 세계의 관계를 사유하고 상상하는 일에서 중요한 대상을 분명하게 보여준다. 그 대상들 가운데 '친구'는 무엇보다도 자기 자신을 반성하는 일과 연관하며 이우성 시의 '나'가 그 자신에 심취하는 근본적인 이유가 무엇보다도 타인들과의 친밀한 관계에 대한 욕망에서 비롯한다는 것을 일러준다. 이것은 앞서 언급했듯 2000년대 한국 시의 도저한 '나'들이 보여준 태도와 어딘가 다르다. 자기 위주의 묘사와 진술 가운데에서도 이우성 시의 '나'가 자신의 부족과 결핍의 지점을 역설적으로 보여주려고 했던 것은, '나'를 통해서 '나'를 지우는 일이 새로운 개인(성)을 발견하게 하는, 궁극적으로는 전에 없던 공동체에 대한 상상으로 이어지는 과정이라 믿었기 때문이 아닐까. 현재에도 여전히 한국 시에 두드러지는 여러 '나'의 출현과 더불어 이우성의 시를 읽을 때

2000년대 이후 한국 시가 도달한 자리를 분명히 확인할
수 있을 것 같다.

2.

　이우성의 첫 시집이 출간된 이후 이번 시집을 마주
하기까지 한국 사회에는 집단적 삶, 혹은 국가 체제라
는 공동체에 기반한 믿음과 상상이 거의 붕괴되는 중대
하고 잔혹한 사건들이 잦았다. 이로써 혹은 이보다 먼저
한국 사회에 만연한 차별과 혐오 역시 특정 개인과 사회
라는 양립 관계가 더 이상 가능하지 않을 수 있다는 사
실을 뼈아프게 일러주었다. 이제 모든 일은 개인 대 개
인의 문제로 치부될 수 있으며, 사회나 국가라는 체제는
아무것도 구성하지 못하는 가상에 불과하다는 것을 몸
소 경험하게 된 시대라고도 하겠다. 따라서 문학이 그려
온 '우리'나 공동체에 대한 의미와 전망 역시도 무력하고
무용한 상상이 된 것은 자연스럽다. 이러한 현실적 조건
은 일상을 살아가는 감각뿐만 아니라 문학작품을 읽고
쓰는 일에도 지대하고 분명한 영향을 미치고 있다. 문학
은 문학이라는 이유만으로 현실과 분리될 수 있다거나
작품 속의 '나'는 현실의 작가와 무관할 수 있다거나 하
는 논리는 더 이상 통하지 않는 시대가 된 것이다. 그러

니까 현실에서든 작품에서든 '나'는 그 자신이 끝까지 책임져야 하는 무거운 존재가 되었다. 이것은 거대해서 삶을 압도하는 게 아니라 사소해서 사로잡히지 않는 방식으로 모두를 무력하게 하는 무거움이다.

존재를 짓누르는 그 자신의 무게를 감각하면서 씌어졌을 이우성의 시들은 여전히 '나'를 포기하지 않는다. 하지만 그 시의 화자들은 더욱더 분명하고 단호하게 실감 없음을 통해서 '나'를 말한다. 이 실감은 현실감각이라고도 할 수 있는데, '나'는 타인으로부터 친밀감을 얻지 못하고 세계로부터 고립되어 있는 느낌을 통해서 이 실감의 공백을 거듭 확인하는 방식으로 존재한다. 다시 말해 이우성의 시에서 자기 인식은 '나'라고 말하면 '나' 이외의 모든 것과 분리되는 듯한 방식으로 확인된다. '나'라고 말하는 순간 '나'는 한없이 고독해진다. '나'를 소개하고 증명하는 방식으로 세계와 연결되고자 하는 마음의 발현이 정반대의 효과를 초래하는 이 역설의 상황이 연속되는 자리에서 이우성의 시는 시작된다. 이우성 시의 화자는 말하는 동시에 침묵하고, 적는 동시에 지우려는 욕망에서 출현한다.

이 욕망은 언급했듯 이우성의 첫 시집에서부터 이어져온 흐름으로서 파악해야 한다. 이 흐름은 강력하거나 예리한 감각보다는 미약하고 무던한 것에 가까워 보인다. 순식간에 완전히 무엇을 파괴해버리는 게 아니라 천

천히 오래 작용하는 힘처럼 말이다.

돌아오는 시작엔 흐름에서 만나
느리고 약한 방
미래에 가 있는 바위들

사실은 바람들,이라고 적으려고 했는데
굴러가버렸어

종이 위에 누워 냇가와 별을 떠올린다 나는 선이거나
선을 그은 사람
의미 없음에 대해 말하려는 것은 아니지만
마음의 형태 가운데로 박수 치며 증명하는,이라고 적을
테지만

새는
단어는
단호함

거리의 고요가 불안이라는 것을 알아서
나를 따라 웃는 소년 무리
사라져버린 지 오래되었는데
펑 터져버린 것은 아닌지

그리고 뭐든 자주 읽으면 아름다운 순간이 기억에 남는다

강물은 알려준다

흘러가는 것을 보면 망연해지는 거

기적을 기록하는 거

내가 슬픔이었을 때 너는 재미있는 아이였던

　　──「슬픔의 거리를 지나는 바람을 납득시키기 위해」 전문

여기서 '나'는 "종이 위에" 무언가를 적고자 하는 "마음의 형태"로서 존재한다. 형태라고 했지만 이 존재를 두고 구체적이고 단정한 어떤 형식을 부여하는 것은 무리인 것 같다. 이 형태는 "떠올"리거나 바라는 마음의 상태로만 있기 때문에 결과적으로 아무것도 적지 못하고 ("적으려고 했는데" "적을 테지만") 어떤 의미도 그려내지 못하는 그저 "선"과 같다. "단호함"을 갖춘 형태를 그리며 겨우 하나의 '선'을 그어보는 내심은 이 세계에 미미하게 존재하는 '나'의 지독한 자기 증명이기도 하다.

하지만 '선'은 점과 대비되며 완전한 무의미를 극복하는 듯도 하다("의미 없음에 대해 말하려는 것은 아니지만"). 점에 비해 지속과 연결로서의 존재 방식을 상상하게 한다. 그것은 "흐름"과 "바람"처럼, 그 자체의 있음보다 그것이 다른 무엇과 어떻게 연결되고 서로에게 효과

와 영향을 미치며 있을 수 있는가를 증명하는 방식으로 있다. 이렇게 하나의 흐름, 지속과 연결을 상상하는 방식으로 존재하는 '나'는 "웃는 소년 무리"에 속하는 "재미있는 아이"보다는 그와 대비되는 자리를 차지하는 "불안"과 "망연"한 것과 "슬픔"에 가깝다. 그 자신의 기분과 느낌을 자유롭게 표현하기보다는 주변의 감정들을 살피고 휩쓸림으로써 얻게 되는 존재감이 '나'를 이루기 때문이다. '나'는 언제나 '나'의 주변에 떠도는 대기처럼 한순간도 한곳에 머물지 못하고 떠다닌다. '나'는 '나'를 둘러싼 것들과의 연관 속에서 희미하고 무수하게 감지되면서, 이전의 나를 폐기하고 이후의 나를 기약하며 순간을 연결하는 방식으로 존재한다. 안정과 자유로움을 추구하면서 매번 불안과 슬픔의 형태로 존재하는 일은 그러나 얼마나 낯익은지. 이우성 시에서 마주하게 되는 '나'의 이러한 속성은 타인의 기준을 제 삶의 것으로 취해 살아가는 이 시대의 수많은 청년을 떠올리게 한다. 취업 준비생, 비정규직 노동자, 여러 방식으로 자기의 현재를 담보로 잡힌 채 망연하게 흘러가는 인생들을 말이다. 이우성 시의 '나'는 그 흐름을 주시하면서 시가 하나의 "기적을 기록하"기를 기원하는 듯하다. 이 흐름을 저마다의 방식으로 중단하는 바로 그 지점에서라면 기어코 자기 자신의 의미를 밝힐 수 있을까. 하나의 선이 기어코 글자와 그림으로 형상화되어 그 자신의 기록이 될 수 있을까.

비가 멈추었다

내가 그 모습을 그렸기 때문에

　　　―「가능하면 구름은 지워지려 하고」 전문

　분명하게 적고 그리기를 바라는 그 흐름은 자연스
레 "구름"의 형상이나 이동과 함께 나타난다. 이번 시집
을 열면 맨 처음 마주하게 되는 이 짧은 시에서 또한 구
름을 동원하여 그리는/그리워하는 일의 의미를 짐작하
게 한다. 우선 "비가 멈추었다"는 사건의 원인은 "내가
그 모습을 그렸기 때문"이라고 설명된다. 하지만 여기
서 "그 모습"이 무엇인지 명확하지 않다. 내가 그린 것이
'비가 멈추는 모습'일 수도 있고 '비가 내리는 모습'이었
을 수도 있다. 전자의 세계는 내가 그리는 대로 무한히
발생하는 곳이고, 후자의 세계는 내가 무엇을 그리면 그
장면으로 하나의 세계가 고정되는 곳이다.
　이우성의 시는 전자를 지향하며 후자를 확인하는 방
식으로 씌어진다. 이번 시집에 수록된 많은 작품에서
'나'는 현재에 없는 많은 것을 그리워하며 '그것'들을 그
리거나 적고 있다. 하지만 그렇게 하나의 이미지나 의미
로 고정하려는 순간에 그것은 더 이상 '그것'이 아니게
된다. 마치 구름이 비를 내리며 그 자신을 지우듯이. 따
라서 그리고 적는 일은 기억과 망각의 불온함을 보여주

면서 오래전부터 계속된 '나'를 확인하려는 시도의 흐름
내지는 연상이라고 힐 수 있겠다.

3.

그럼에도 여전히 '나'를 마주하는 일은 요원해 보인
다. 그들은 자신의 고유함을 이루는 기억과 감각을 최대
한 동원해서 자기를 확인하려 하지만 앞서 말했듯 이우
성 시의 '나'는 자기 기억과 감각조차도 확신하지 못하는
데에서 고유해지는 존재이기 때문이다("지우는 사람이었
니 그리는 사람이었니", 「빛이 오는 건 빛의 일」). 그런 점
에서 어쩌면 이우성 시의 '나'는 끝내 진실된 자신을 마
주하고 싶지 않은, 자기부정의 형식으로만 자기를 긍정
하려는 존재일 수도 있겠다. 규칙과 질서를 갖춘 거대한
체계로서의 사회에 살고 있지만 그곳에 완전하게 속하
지 못한다는 불안과 슬픔은 이 세계에 자신의 좌표를 눌
러 찍듯 자기를 강조하지 못하고 오히려 여기저기에 지
워진 흔적을 남기며 세계의 일부를 희미하게 허물어뜨
리는 방식으로 '나'를 살게 한다. 가령 연필로 그린 세밀
한 풍경화 속에서 작은 대상으로나마 자리를 차지하기
보다는 한순간 그림 위를 지나가는 지우개 자국처럼 지
워짐으로써 그 세계의 일부를 이루듯이 말이다.

날아가는 모습이 아름답잖아

듣기 좋은 말이었다
날 수 없으니까

슬프다는 생각이 들었는데 올바른 걸까 슬프다고 말하
면 시가 안 된다고 하던데

구름이 해를 가린 채 오래 머물면 농부가 엽총을 들고
와 하늘에 쏘아댑니다
부르고뉴에 갔을 때 클레어라는 이름의 농장 안내원이
말해주었다
클레어는 손가락으로 구름이 흩어지는 흉내를 냈다

양 떼 같은 건가요 나는 한국어로 물었다 표정이 없는
건 나나 하늘이나 마찬가지고
시도 그렇지

엽총 좀 빌릴 수 있을까요

묻어야 한다면 빛과 말 아니면 양 떼
이 문장은 처음 써본다

궁금하지 않다 무엇이 자랄지
이 문장도 저음 써본다
거짓이야 궁금해 무엇이 자랄 수 있니

세 줄로 올바르게 표현해보기

고모는 와인을 마시고 의자에 올라갔다
가족들은 의자를 어떻게 할지 고민했다
나는 의자에 앉아 시를 썼다

내 개인적인 사람
고모에 대해

고모는 5백 원짜리 동전을 모았다
저금통 안에 넣으며 마침내 가득 채운 후 비행기를 타
고 여행을 다녀왔다

이 시가 새와 관련되어 있는 건 아니다
날 수 있으니까
그러니 양 떼 같은 것은 혼잣말 같은 것

왜 양 떼를 구름이라고 불렀을까
아마도

아마도, 다음에

바람을 묻고

빈 마음을 무엇으로 채우는지 쓰고 싶었다

엄마는 그런 의자가 있었냐고 한다

그런 의자에 앉아 내가 시를 썼는데 시들이 어디 갔는지 기억이 안 난다

하늘이 맑아서 걱정이야

다음엔 나는,으로 시작하는 시를 써야지

어느 먼 마을에서

고모가 선명해지고 있다고 종종 생각한다

누군가의 고모가

나는

나는,

—「날개와 시」전문

    제법 길지만 전문을 인용한 이유는 이 시에 이우성 시의 핵심이 여럿 포함되어 있기 때문이다. 우선 이 시는 무엇을 기억하고 기록하는 일의 의미를 묻는다. 분명히 있었으나 지금 여기에는 있다고 할 수 없는, 없다고 말해지는 대상들에 대한 기억과 그리움이 그의 시를 이루

는 중요한 동력이라는 것을 이 시는 보여준다. 고모가 있었고, 고모가 앉아 있던 의자가 있었지만 그 사실을 기억하는 사람은 '나'뿐이다. '나'의 기억 바깥에서 의자의 부재는 고모의 부재로, "5백 원짜리 동전"을 모아서 먼 나라로 여행을 다녀온 고모의 시간의 부재로 연결된다. 즉 '나'의 기억과 기록이 아니라면 이곳에 머물렀고 저곳까지 날아다녔던 고모의 이야기는 이 세계에서 삭제될 것이다. 이러한 인식이 '나'로 하여금 자신을 기억하고 기록하는 일에 대한 욕망을 불러온다("다음엔 나는, 으로 시작하는 시를 써야지").

하지만 고모에 대한 것과는 다르게 자신에 대한 기억을 기록하는 일은 '나'에게 막연하다. 이우성의 시에서 그 막연함은 이 시에서 잘 보여주듯 "구름" "빛" "새" "양 떼" 같은 자연으로 묘사된다. 이 자연은 꽤나 구체적인 대상인 것 같지만 이들은 사로잡히지 않는다는 공통적인 속성을 갖는다. 눈을 가리거나 찌르고, 거듭 시야를 어지럽히며 등장하지만 이내 사라지고 마는 것들. 그러한 자연적 대상은 '나'에 대한 기억이 얼마나 구체적이되 모호하고 따라서 자신을 불안과 고통으로 내모는 일과는 무관하게 제대로 기록하기 어려운 것임을 비유하는 것이기도 하다. 때문에 "아마도/아마도, 다음에"라는 구절과 이 시의 마지막 부분인 "나는/나는,"이 비슷한 형식을 취하고 있는지도 모르겠다. '아마도'라는 막연한 추측

이나 기대를 함의하는 말과 '나는'이라는 자신을 정의하고 기록해보려는 마음은 이처럼 미완성과 불안의 형식으로 겹쳐져 있는 것이다.

다음으로 이 시에서 주목할 것은 고모나 엄마와 같은 가족 구성원의 등장이다. 이번 시집에서 '나'는 상당수 작품에서 아빠, 엄마, 형과 같은 가족 관계를 호명하며 거듭 자신을 확인하려 한다. 누구나 알고 있듯 부모와 형제는 '나'가 추상적인 인식으로만 성립하는 게 아니라 구체적인 실물로 존재한다는 것을 그들 자체로서 증명해준다. 때문에 '나'가 그들에 '대해서' 하는 말들은 동시에 자신을 향한 말이 된다. 이 시에서라면 "엄마는 그런 의자가 있었냐고 한다"는 구절은 한때 분명 '그런 의자'에 앉아서 시를 썼던 자신에 대한 기억과 망각을 동시에 기록하는 문장이 된다. 엄마의 말을 인용하며 '나'는 자기의 분열되고 화합하지 못하는 기억까지도 기록하게 된다.

마지막으로 이 시는 슬픔이라는 대상을 직면한다. 아마도 그것은 해를 가린 구름처럼 여겨지고 살아 있는 것들은 그것을 향해 엽총을 쏘든 손가락을 들어 흩어지는 흉내를 내든 그것을 자신 앞에서 지워내려고 한다. 그처럼 극단적인 방법들을 제시하면서 이 시는 슬픔을 상대하는 시의 방법을 기획하는 것이다. 이별이나 상실, 혹은 망각에 연관한 슬픔을 다루면서 이 시의 '나'는 거듭 무엇을 "궁금해" 한다. 이러한 마음 내지 정신의 발동은 어떤 대상에 대한 관심과 애정에 결부된다. 이 시에서 그런 대상은 부재의 형식으로 '나'의 궁금함을 유발하고 따라서 궁금함은 '나'의 슬픔을 이루는 중요한 요소가 된다. 알 수 없는 것에 대한 의식이나 감정을 차단하거나 외면하지 않고 기어코 알아보려 하는 안간힘이야말로 이 시가 전하는 슬픔이자 슬픔을 상대하는 방법인 것이다. '나'는 궁금하다는 말처럼 '생각하다'라는 의식의 활동에 대한 표현을 의도적으로 쓴다. "슬프다는 생각이 들었는데 올바른 걸까 슬프다고 말하면 시가 안 된다고 하던데"처럼 논리와 상식에서 벗어난 듯한 문장은 그러므로 슬픔에 가장 가까운 말이 된다. 여기서 한 작가가 아내를 잃고 난 뒤에 쓴 글을 참조해볼 수도 있을 것 같다. 그는 이렇게 슬픔을 이해하고 표현한다. "언젠가 이런 글을 읽었다. '치통으로 온밤을 뜬눈으로 새웠다. 치통과 뜬눈으로 밤을 새우는 일을 생각하면서.' 인생도 마찬가지다. 모든 불행에는 그 불행의 그늘과 그림자가 들어 있다. 그러니 단순히 괴로워만 할 게 아니라, 괴롭다는 사실을 계속 생각해야 하는 것이다. 나는 슬퍼하며 하루하루 살 뿐 아니라, 슬퍼하며 하루하루 사는 것을 생각하며 하루하루 산다."* 슬픔을 겪을 때 그것은 제거할 수 있는 '나'의 한 부분이 아니라 오히려 '나'가 슬픔의 한 부분이 된다. 때문에 슬픔을 상대한 '나'는 자기를 잃/잊지 않기 위해서 '생각하는 나'로 존재한다. 슬픔에서 자신을 건져 올리기 위해서는 생각이라는 객관화의 도구가 필요한 것이다. 이런 이유로 슬픔에 대해서라면 우는 사람보다 생각하는 사람, 점점 더 맑고 선명한 생각("하늘이 맑아서 걱정이야" "고모가 선명해지고 있다고 종종 생각한다")에 가닿는 사람이 더 깊은 곳을 알고 있다고 이 시는 말한다.

4.

　슬픔이
　자라지 않게 해주세요

　손가락으로 구름을 그렸다
　올라탈 수 있게 튼튼하게

　가자 궁금한 것들을 모으러
　　　　　　　　　　　　　　—「무덤과 구름」 부분

무엇을 그리고 적는 일이 동시에 무엇을 지우는 일이

---

* C. S. 루이스, 『헤아려본 슬픔*A Grief Observed*』(론 마라스코·브라이언 셔프, 『슬픔의 위안』, 김설인 옮김, 현암사, 2019, p. 26에서 재인용).

될 수 있다고 보는 것은 '나'를 확인하려 할수록 자신으로부터 멀어지는 감각의 표현이기도 할 것이다. 이우성의 시에서 그 감각은 흐르는 것, 혹은 지나가는 것에 대한 체험으로 달리 쓰인다. 강물을 막연히 바라보는 일에서 감각되는 정적과 소란스럽던 아이들의 웃음소리가 사라짐을 상기하는 일은 유사하다. '나'는 자주 구름이나 새처럼 허공을 가로지른다. 지나가는 것, 지나간 것에 대한 감각은 결국 어딘가에 속하지 않고 무엇에 의해 사로잡히지 않는 '나'에 대한 새삼스러운 확인이기도 할 것이다. 나는 왜 사로잡히지 않는가. 나는 왜 흐르는가. 나는 왜 떠다니는가. 타인에게 나는 단편적이며 자신에게 나는 비현재적이기 때문이다. 달리 말해 타인은 나의 드러난 부분만을 감각하고 그 모습을 통해 나라는 존재를 파악한다고 믿는다. 또한 현재의 나는 거듭 과거의 나를 인용하거나 미래의 나를 예상하는 방식으로 구성된다. 어떤 식으로든 나는 결코 완전한 나로 표현되지 못한다. 또한 그렇기에 '나'는 거듭 발명되고 이우성의 시는 계속 씌어진다.

달에 가까워지려면 무엇을 떠올리며 걸어야 할까

[……]

134

새들이 달 옆으로 선을 그으며 지나간다

왜 다들 어딘가로 갈까
이름을 잘 외우는 어른이 되어야지
돌아오지 않으면 불러야 하니까

집에 가자 밤엔 다들 그렇게 해
어떻게
아무렇지 않게
응

기억할 게 남아 있는 거 같아서 하늘을 보는 거겠지
　　　　　　　　　　──「내가 이유인 것 같아서」 부분

　하지만 시가 삶의 편에 서 있기 위해서는 살아 있는 자기 인식과 반성이 필요하다. '나'라는 자기 확인이야말로 왜 살아 있으며 어떻게 살아갈 것인가를 당면한 세계와의 관계를 통해서 파악하는, 치열한 현실감각을 바탕으로 하는 일일 것이다. 현재 한국 문학의 넓은 범위에서 '나'를 확인하는 작업이 이뤄지고 있으며, 이를 통해서 한국 사회를 살아가는 개인 삶의 양상을 구체적으로 확인하는 동시에 사회와 길항하는 개인의식의 보편적인 형태까지도 살펴볼 수 있기를 기대하게 된다. 이우성

의 시에 따르면 그것은 '슬픔'이라는 내밀하고 고유한 감
정으로서 '나'는 그것을 생각하고 기억하고 기록하여 자
기 몫의 삶을 지킨다. 인용한 시에서 하늘을 보며 걷는
일은 기억할 것들을 기억하는 일이기도 하다. 이와 관련
해서 '나'는 해가 지고 어두워지면 달을 보며 집으로 돌
아가듯이 일상적으로 자연스럽게 일어나는 사람의 일
에 대해서 떠올린다. "왜 다들 어딘가로 갈까" 하고 묻
고 "밤엔 다들 그렇게 해" 하고 답하는 것처럼, '나'는 서
로가 서로의 안부를 궁금해하는 일을 단순명료하게 그
리면서 한편으로는 반대편에 드리워질 그림자처럼 그런
것들을 묻고 답하지 않는 세계를 떠올리게 한다. 그 세
계야말로 누구도 슬픔을 생각하지 않는, 돌아오지 않아
도 부르지 않고 기억하지 않는, 존재가 무시無視되는 자
리일 것이다.

　이우성만큼 집요하게 '나'를 탐문한 시인이 있을까.
그는 '이우성'이라는 본명까지도 시의 본문에 앉혀두고
'나'와 대결하게 한다. 수많은 이견이 있을 수 있지만, 이
러한 실험적 형식에는 우선적으로 '나'를 탐문하는 일의
일환으로 시를 쓰려면 '나'라는 말을 할 수 있는 유일한
주체인 시인 자신까지도 그에 포함시켜야만 한다는 투
철한 작업 의식의 발동이 작용했을 것이라 여겨진다. 여
전히 우주처럼 광활한 미지로 있는 '나'를 탐문하는 데
중요한 요소로서 현실에 대한 감각이 발원하는, 한국 사

회라는 분명한 시공간도 그 고유명사와 함께 시에 포섭하고자 했을 것이다. 한국 시에서 '나'의 주체성을 부각하고 자기 존재를 규명하려는 시도를 통해서 다양한 목소리의 양상으로 자신과 세계의 관계를 해명하는 시들이 등장한 이후에도 '나'를 해체하는 방식이 주도적이었던 것을 기억하면, 이우성 시의 '나'로 수렴되는 에너지는 더욱 특별하다. '나'라는 말에 덧씌워진 믿음, 혹은 가상은 유일무이한 자아였기에 다른 수많은 시는 '나'를 두르고 있는 단단한 벽을 허물고 그 밖의 것과 나를 구분 없이 있게 할 새로운 인식의 형식을 발명해왔다. 이우성의 시는 하지만 '나'는 결코 온전하게 인식될 수 없으므로 끝내 완전히 파괴될 수도 없다는 것을 말하는 데 오랜 시간을 썼다. 다시 말해 이우성 시의 자기 인식의 불가능과 불가피함의 공존은 '나'를 통해서 삶의 한계나 절망을 보게 하는 것이 아니라 오히려 저마다의 삶이 가진 유일함을 긍정하고 그것의 가능성을 타진하게 한다. 이렇게 이우성의 시는 도저한 슬픔을 딛고 살아갈 하나의 주문이 된다. ▨